LOS PIRATASAURIOS

ESTE LIBRO PERTENECE A...

Para Marga, porque crear es lo más bonito
que puedes regalarle a alguien.
Jacobo F.

Para Sara, la auténtica capitana de mi barco pirata.
Martín R.

1.ª edición: mayo de 2025
2.ª reimpresión: febrero de 2026

Valentín Beato, 21. 28037 Madrid
www.anayainfantilyjuvenil.com

Director editorial: Pablo Cruz
Editora: Patricia Emo Marty
Asistente editorial: Mercedes González Grande
Diseñadora: Lola Rodríguez Soler

PAPEL DE FIBRA
CERTIFICADA

ISBN: 978-84-143-4298-5
Depósito legal: M-708-2025
Impreso en España - *Printed in Spain*

LOS PIRATASAURIOS

¡MAR ADENTRO!

Texto de Jacobo Feijóo
Ilustraciones de Martín Rodríguez

ANAYA

LOS VALIENTES PIRATASAURIOS

EL CAPITÁN
TOMÁS REX,
TODOS SABEN
QUIÉN ES.

PEPESAURIO
AYUDA A SU CAPITÁN.
ES ESCOCÉS
Y VISTE UN TARTÁN.

¡SON PIRATAS Y DINOSAURIOS!

LA ESQUELETO
MARIETA,
DE CALAVERA
COQUETA.

A ABDUL, EL LORO,
LE GUSTA MUCHÍSIMO
EL ORO.

DIPLODOCUS, EL COMODORO, ¡QUIERE ROBAR EL TESORO!
LO ACOMPAÑA LA ASTUTA VERA, PELIGROSA BUCANERA.

LA PLANTA CARNÍVORA NO ASUSTA, SOLO ESCUPE LO QUE NO LE GUSTA.
¡Empieza la aventura! Y si quieres saber más sobre las palabras coloreadas, mira al final del libro.
A MUSARAÑA DEBES BUSCAR, ¡APARECE Y DESAPARECE SIN PARAR!

HOY SE HA JUBILADO
TÍO JULIO IGUANODÓN,

TOMÁS REX HA HEREDADO SU BARCO Y TRIPULACIÓN.

SON MARINEROS MUY POCO FINOS.
¡LO RARO ES QUE SON DINOS!

CON PARCHE Y PATA DE PALO...
NINGUNO PARECE MALO.

TOMÁS REX NO SABE QUÉ HACER,
PODRÍA SALIR A LA MAR...

¿VIVIR AVENTURAS?
¿APRENDER A NAVEGAR?

SU AYUDANTE, PEPESAURIO,
CONOCE UN GRAN SECRETO:

HAY UN TESORO ESCONDIDO... ¡ESTE SERÁ NUESTRO RETO!

REX SALE A DAR UN PASEO,
SE TIENE QUE DESPEJAR.

EL POBRE ESTÁ HECHO UN LÍO,
NO SABE POR DÓNDE EMPEZAR.

LLEGA AL PUESTO DE RUPERTA,
QUE VENDE LIBROS CON SU GATO,

Y LE OFRECE UN MAPA EXTRAÑO
A BUEN PRECIO, MUY BARATO.

UN DIPLODOCUS MALVADO
SE ESCONDE TRAS LA BANDERA.

¡TAMBIÉN DESEA ESE MAPA!
LO AYUDA SU BUCANERA.

EL CAPITÁN REX LO ESTUDIA,
YA SABE CÓMO LLEGAR.

AL DÍA SIGUIENTE, SIN FALTA,
¡SALEN A NAVEGAR!

SURCANDO EL MAR TROPICAL,
LLEGAN A LA ISLA DEL CERDO.

¡CUÁNTOS COPROLITOS! PARA MÍ, DE RECUERDO.

REX QUIERE ENCONTRAR EL TESORO,
CON BRÚJULA Y CATALEJO.

LO AYUDA MATUSALÉN,
EL PIRATASAURIO MÁS VIEJO.

LOS DINOS VUELVEN AL BARCO.
YA SABEN CUÁL ES LA RUTA.

UN GRAN KRAKEN LOS SORPRENDE.
¡COME DE TODO MENOS FRUTA!

—SEGURO QUE AQUÍ ESTÁ EL TESORO
—DICE REX AL DESEMBARCAR.

CON SUERTE, UNA PELIGROSA JUNGLA
CONSIGUEN TODOS ATRAVESAR.

LA TRIPULACIÓN NO SABE
QUE ALGUIEN LOS HA SEGUIDO.

SON VERA Y EL COMODORO.
¡ESTABAN BIEN ESCONDIDOS!

¡AL FIN APARECE EL TESORO!
Y SE LLEVAN DOS ALEGRÍAS:

ESTÁ LLENO DE ORO
¡Y REPLETO DE CHUCHERÍAS!

DE PRONTO, SE OYE UN RUGIDO:
COMODORO SE HA PUESTO A GRITAR.

VERA Y ÉL SALEN DEL ESCONDITE.
EL TESORO SE QUIEREN LLEVAR.

PARA ALEJAR A LOS MALOS,
MARIETA TIENE UNA IDEA:

¡LAS CACAS, PARA VOSOTROS! SE ACABA AQUÍ LA PELEA.
FIN

¿SABÍAS QUE...?

A LOS PIRATAS LES GUSTABA PONERSE AROS EN LAS OREJAS Y LLEVAR UN LORO AL HOMBRO.
LA BANDERA PIRATA ERA OSCURA Y TENÍA UNA CALAVERA CON DOS HUESOS.
HUBO PIRATAS MUJERES.

LAS CACAS DE DINOSAURIOS SE LLAMAN COPROLITOS.
EL TIRANOSAURIO REX MEDÍA TRECE VECES MÁS QUE TÚ.
LOS DINOSAURIOS PONÍAN HUEVOS.

PALABRAS PIRATASAURIAS

BRÚJULA: APARATO QUE DA VUELTAS. NO CONFUNDIR CON LAS PEONZAS.

BUCANERA: PIRATA QUE NO SE LAVA LOS DIENTES. VIENE DE «BOCA NEGRA».

CATALEJO: PRISMÁTICOS PARA PIRATAS CON PARCHE EN EL OJO.

COMODORO: AYUDANTE DEL CAPITÁN. SE LLAMA ASÍ PORQUE ES UN POCO COMODÓN.

COPROLITOS: CACAS DE DINOSAURIO QUE SE HICIERON FÓSILES.

DINOSAURIO: COMO LOS SERES HUMANOS, PERO DE ANTES.

DIPLODOCUS: DINOSAURIO GORDÍSIMO. ADORA COMER VERDURA.

IGUANODONTE: DINO CON DIENTES DE IGUANA. SUENA MEJOR QUE «IGUANO».

ISLA: COMO FLOTAN, A VECES CAMBIAN DE SITIO Y LOS MAPAS SE HACEN UN LÍO.

JUNGLA: BOSQUE MUY BIEN REGADO Y ABONADO.

KRAKEN: PULPO GIGANTE. SI LE PONES PATATAS COCIDAS, DA PARA INVITAR A COMER A MUCHOS AMIGOS.

MAR TROPICAL: UN MAR QUE DISFRUTA DEL SOL Y DE LOS BATIDOS DE PAPAYA.

TESORO: COFRE CON ORO. SON MEJORES LOS QUE TIENEN CHUCHERÍAS.

TIRANOSAURIO REX: EL DINO MÁS FAMOSO. NO LLEVA PANTALÓN PORQUE CON ESAS MANITAS NO PUEDE SUBIRSE LA CREMALLERA.

RISAS PIRATASAURIAS

¿POR QUÉ UN PIRATA NUNCA SE METE EL DEDO EN LA NARIZ?
PORQUE NO LE CABE EL GARFIO.

¿POR QUÉ LOS DINOSAURIOS NO USAN LOS TELÉFONOS?
PORQUE TIENEN LAS TECLAS PEQUEÑAS.

¿CUÁL ES LA LETRA FAVORITA DE UN PIRATA?
LA ARRRRRRRRRRRR.

¿POR QUÉ LOS DINOSAURIOS SIEMPRE DICEN NO?
PORQUE SON DI-NO-SAURIOS.

¿CUÁL ES EL PEZ FAVORITO DE UN PIRATA?
EL PEZ ESPADA.

¿CÓMO SE LLAMA EL DINOSAURIO MÁS HERBÍVORO DE TODOS?
EL PLANTASAURIO.

Piratasaurios malandrines y autores de este libro (disponible en la librería de Ruperta).
Jacobo Feijóo
CUANDO ERA PEQUEÑO
LE GUSTABA LEER.
ESCRIBIR ERA SU SUEÑO,
PERO TENÍA QUE CRECER.
AHORA QUE ES MAYOR,
PUEDE PRESUMIR
DE SER ESCRITOR
¡Y DE HACERTE REÍR!

Martín Rodríguez

LE GUSTA MUCHO DIBUJAR
DESDE QUE SOLO DECÍA «GU-GU».
AHORA ES PIRATA Y DICE
«¡ARRR, VENGA, INTÉNTALO TÚ!».
PUEDE DIBUJAR SENTADO
Y PUEDE DIBUJAR DE PIE,
PORQUE SIEMPRE HA PINTADO
DESDE QUE ERA UN BEBÉ.

SI AÚN NO LO HAS LEÍDO...

ESCANEA ESTE QR Y ENCONTRARÁS UN RETO PIRATASAURIO
Y DIVERTIDOS DIBUJOS PARA COLOREAR.